CONSEILS

A UN JEUNE HOMME.

—co—

PARIS.— IMPRIMÉ PAR E. THUNOT ET Cᶜ,
Rue Racine, 26, près de l'Odéon.

CONSEILS

A UN JEUNE HOMME.

DU CHOIX D'UN PARTI,

PAR LUCIEN SOREL.

> Jeune homme, faites vos efforts pour n'être
> pas compté parmi les âmes serviles.
>
> SOCRATE, dans *Xénophon*.

PARIS.

—

1851.

AVERTISSEMENT.

Jeunes gens, cet écrit fut composé, il y a un an, pour un seul d'entre vous, mais il peut être utile à tous, et c'est là ce qui m'enhardit à le publier.

Vous êtes entourés d'hommes incertains dans leur conduite et violents dans leur langage; qui, sans principes arrêtés et sans résolution prise, s'imaginent agir et parler, tandis qu'ils ne sont que des instruments et des échos. Ils se croient libres, et ils ne sont que les sujets du hasard et de l'opinion. Ils décident pourtant des affaires publiques et leur voix est aussi puissante que celle des sages sur le sort du monde.

Voici d'où leur viennent cette extrême faiblesse et cette extrême confiance. Ils ont passé dans les colléges une jeunesse oisive; ou bien, plus malheureux encore, ils ont étudié sans comprendre, et n'ont retenu que la lettre morte de ces œuvres admirables, où d'autres ont puisé la lumière de l'âme. Puis est venue l'heure inévitable qui devait les jeter brusquement dans la vie, et, surpris par l'âge, ils ont pris une opinion comme ils ont monté leur maison, selon le goût à la mode et le caprice du moment.

Affirmer ce qu'on ignore, sacrifier au plaisir d'être de l'avis du grand nombre la justice et la vérité; calomnier au hasard, insulter aux vaincus; se jeter aveuglément dans la mêlée et se couvrir sans conviction du sang des guerres civiles : voilà la vie de ces hommes; dites si votre conscience s'en accommode, si votre dignité peut s'y prêter sans périr.

Que faire pour échapper à ce danger? Il n'est qu'un moyen, et c'est pour vous l'indiquer que j'ai pris la plume, malgré mon inexpérience. Vous passez dix années de votre vie entourés de toutes les découvertes de la science, de toutes les créations du génie ; et pendant ces dix années, libres de tout soin, dégagés de tout intérêt, vous n'avez rien autre chose à faire qu'à fouiller ces trésors, qu'à vous éclairer à ce grand foyer de lumière, c'est le seul moment où il vous soit permis de ne pas agir et de suspendre votre jugement. C'est donc maintenant qu'il vous faut chercher la solution de ces grands problèmes qui embrassent toute votre conduite, et que, dès votre entrée dans la vie, vous serez censés avoir résolus.

Il ne faut pas, pour les résoudre, vous détourner de vos études ; il suffit de les faire avec suite et dans un dessein déterminé. Gardez-vous au contraire de prendre à cœur les luttes présentes et d'en suivre trop curieusement les vicissitudes. Car l'opinion du grand nombre s'insinuerait doucement dans votre âme, et bientôt vous auriez perdu, à votre insu, l'empire de vous-mêmes. La Philosophie, l'Histoire, les Sciences naturelles contiennent tout ce qu'il vous faut chercher, tout ce qu'il vous importe de savoir.

J'ai voulu vous indiquer ces problèmes, vous en faire voir l'importance, établir la question qui se débat devant vous par le fer et par le feu, et vous montrer les moyens de la résoudre. Quant à vous entraîner à l'un ou l'autre parti, quant à vous faire décider d'avance, en vous dérobant votre libre arbitre, ce que je vous engage à chercher vous-mêmes, je n'ai garde d'y penser. Je connais trop mon inexpérience pour être tenté d'abuser de la vôtre, et je doute trop de moi-même pour courir le risque de vous tromper.

Mais cet écrit ne sera pas lu par vous seuls, et il contient deux choses qui peuvent blesser des opinions respectables. Je veux en parler ici, non pour prévenir des attaques, mais pour lever des scrupules. C'est d'abord l'indifférence que j'y témoigne pour les doctrines métaphysiques, que la religion les impose ou que la philosophie les enseigne. C'est ensuite l'unique alternative que je semble poser entre la négation du progrès et l'établissement du bonheur sur la terre.

En composant cet écrit pour celui auquel il était d'abord destiné, je pensai qu'il n'avait encore aucune opinion arrêtée sur les problèmes métaphysiques; que, s'il en avait une, il en changerait quelque jour, et passerait par les divers systèmes qui se sont partagés le monde, et qui sont des phases de l'esprit de l'homme comme ils sont des pages de l'histoire de la Philosophie. Je pensai encore que la vie suffisait à peine pour creuser de tels problèmes; que tout le peuple et la plupart des hommes qui le dirigent n'ont accepté, depuis l'affaiblissement des croyances religieuses, aucune doctrine métaphysique, et que leur foi politique n'en est pas moins assurée. Et, dès lors, je conçus qu'il était possible de séparer la politique de la solution de ces obscurs problèmes, sur lesquels la majorité du genre humain n'est que doute et qu'ignorance. Je sentis en même temps que si cette séparation était possible, elle était nécessaire ; si on voulait asseoir la politique pratique sur un terrain vaste et solide, où puissent se rencontrer et les philosophes malgré leurs dissentiments, et la foule malgré son ignorance.

Où trouver ce fondement qui devait être, selon la formule du maître : inébranlable à tous les efforts du scepticisme. Pour le découvrir, j'écoutai les discussions des hommes qui forment l'immense majorité de la nation, c'est-à-dire, qui sont incrédules en religion, ignorants en philosophie et dogmatiques en politique. Et je sentis bientôt que la foi au progrès d'une part et que la négation du progrès de l'autre étaient les deux drapeaux sous lesquels était rangé le genre humain. Je m'attachai donc à montrer qu'il était possible d'établir sur lé fait du progrès une doctrine politique, dans laquelle on pût réunir et les sceptiques en philosophie et les partisans des systèmes les plus divers ; un seul excepté, celui qui depuis dix-huit siècles proclame la sainteté du mal et la damnation originelle du genre humain. Descartes a dégagé la philosophie des bornes immobiles de la religion ; je voudrais que la politique fût tirée de l'arène mouvante de la philosophie. Mais ce n'est pas là une œuvre de scepticisme ou de défiance envers la philosophie ; c'est un essai de conciliation universelle ; c'est une porte ouverte à la foule des sceptiques et des ignorants, qui forment la majorité de la nation et qui sont les arbitres souverains de nos destinées.

Mais l'armée du progrès est elle-même divisée en deux camps hostiles. Les uns, en combattant le mal, croient le bonheur impossible ici-bas, parce que le mal a dans l'homme une réalité subjective qui leur semble invincible. Les autres, en combattant le mal, espèrent l'anéantir et établir ici-bas le bonheur universel. Et de là cette lutte malheureuse qui est à mes yeux la vraie guerre civile, contraire à la raison, fumeste à la bonne cause. Vous qui espérez diminuer le mal, et vous qui espérez l'anéantir, n'êtes-vous pas d'accord maintenant pour le combattre? Les uns disent qu'il faut être sur la terre le plus heureux qu'il est possible; les autres, qu'il y faut être le moins malheureux qu'il est possible. Est-ce donc là un sujet de querelle, quand on est en face de ceux qui croient que le monde est voué au mal, et qu'il y a dans la société humaine une part éternelle et nécessaire de douleur et de servitude? Pour moi, forcé d'exprimer ici l'une ou l'autre de ces deux doctrines, j'ai choisi celle qui fait espérer le bonheur ici-bas; non pas tant parce qu'elle me semble la plus vraie que parce qu'elle est la plus large et qu'elle enveloppe l'autre sans l'exclure. Dans l'armée d'Alexandre, les uns espéraient atteindre les limites de la terre ; les autres savaient qu'il faudrait s'arrêter au Gange ; mais ils étaient d'accord pour marcher en avant, et tous ensemble firent de grandes choses. Tel est l'accord que je propose aux partisans du progrès, et qui sera le signal de leur victoire définitive. Qu'ils s'unissent pour le temps présent, et leurs ennemis, réduits à eux-mêmes, seront effrayés de leur solitude.

Mais je ne crois pas, et j'ai hâte de le dire, que le bonheur soit un droit, ni qu'on puisse le revendiquer les armes à la main contre les heureux de la terre. Je reconnais aux majorités le droit illimité d'agir, aux minorités le droit illimité de parler ; et les hommes de la souveraineté du but et les hommes de la suppression de la presse sont à mes yeux dignes les uns des autres. Voilà dans les deux partis ceux que je choisis librement pour adversaires. Je leur déclare une guerre implacable ; et je ne l'entreprends déjà, qu'afin d'y consacrer ma vie tout entière.

J'explique ainsi ce travail pour ces hommes

éclairés et sincères, dont j'aurais peut-être à mon insu alarmé la conscience. Mais il est des gens qui haïssent d'instinct la liberté de la pensée, et pour qui la tolérance est un scandale. Ceux-là seront blessés de me voir parler sans injure de ce qu'ils maudissent et sans respect de ce qu'ils adorent. Ils peuvent détester la justice et la modération dans les jugements; mais ils ne pourront jamais en guérir les âmes qui ont puisé dans le spectacle de l'histoire et dans la fermeté de leurs croyances une inaltérable sérénité.

LUCIEN SOREL.

CONSEILS

A UN JEUNE HOMME.

DU CHOIX D'UN PARTI.

I.

Mon ami, l'âge vous a rendu à la fois curieux et raisonnable. Aussi vous conduisez-vous en jeune homme. Vos jeux deviennent plus graves ; vos plaisirs plus vifs et moins purs. Pendant que la vie s'ouvre ainsi à vos espérances, le monde ébranlé s'agite dans une lutte terrible ; les hommes s'entre-tuent pour des mots que vous n'entendez pas encore, et il n'y a pas longtemps que vos fenêtres tremblaient du canon de nos guerres civiles. N'êtes-vous pas avide de savoir ce qu'il faut penser de ces grandes choses, ce qui peut advenir de ces luttes sanglantes, ce qu'il faut souhaiter qu'il en advienne? Si votre esprit, trop léger, n'est point tourmenté de ce désir, votre conscience vous avertira qu'il est temps d'avoir un avis, puisque l'âge approche, où vous devez exprimer votre opinion par votre suffrage et peser pour votre part dans les destinées de la patrie. Peut-être pensez-vous que vos parents et vos maîtres, plus âgés et plus sages que vous, savent ce qu'il faut croire sur ces grands objets et sont chargés par Dieu de vous en instruire. N'allez pas tomber dans cette erreur, commode à la paresse et à l'ignorance. Si vos aïeux avaient suivi cette maxime, quelle vérité nouvelle aurait pu faire son entrée dans le monde? Où aurait-elle pu rompre la chaîne des traditions paternelles? Ne savez-vous pas que la religion que vous pratiquez a été répandue sur la terre par les fils chrétiens de parents idolâtres ? Et les martyrs, que l'Église vous propose pour modèles, que sont-ils ? sinon des fils révoltés qui ont affranchi de la foi de leurs pères leur esprit éclairé d'une lumière nouvelle. Et d'ailleurs, ne sentez-vous pas en vous-même une raison libre et invincible, qui ne reconnaît à nul homme le droit de lui imposer une croyance ? Dieu a-t-il mis en vous ce tribunal des opinions humaines afin que vous acceptiez aveuglément les arrêts de la raison d'autrui ? Jetez les yeux sur vous-même et vous verrez qu'à vous seul appartient le jugement des opinions et le choix d'un parti, et que vous êtes en ce monde pour y chercher la vérité dans la liberté de votre esprit et dans la simplicité de votre cœur.

II.

Selon que vous vous déciderez à chercher librement une croyance ou à recevoir votre croyance d'autrui, et c'est votre unique alternative, vous serez rangé désormais parmi l'élite du genre humain ou parmi les derniers des hommes. En effet dans chacun des deux grands partis, qui divisent aujourd'hui le monde et que je vous ferai bientôt connaître, il n'y a que deux sortes d'hommes. Les uns ont fait ce que je vous exhorte à faire. Se dégageant de toutes les influences, sans orgueil, mais sans faiblesse, ils ont cherché la vérité et, traversant pour ainsi dire la scène, ils sont allés, avec sagesse et réflexion, s'asseoir au milieu de ceux qui leur paraissaient le mieux la servir. A ceux-là, quel que soit leur parti, quelle que soit leur erreur, vous devez égard et respect; et votre langue doit se sécher dans votre bouche avant de prononcer sur eux une parole injurieuse. Les autres, au contraire, indignes de la vérité ou trop indolents pour la poursuivre, ont accepté leur croyance de leurs parents ou de leurs maîtres, du hasard ou de leur intérêt. Ils forment la foule moutonnière et furieuse, le vil troupeau des grands partis. Il faut les compter pour rien, tous ces hommes, qu'une cause étrangère à leur raison a fait les soutiens aveugles d'un parti. Si le hasard les a jetés dans un des deux camps, je les plains; si l'intérêt les y a conduits, je les méprise. Mais qu'ils soient les recrues du hasard ou de l'intérêt, qu'ils soient de mon côté ou du côté de mes adversaires, qu'ils aient l'habit ou la blouse, le parler élégant ou la langue grossière, ce sont des hommes que la raison ne gouverne pas et que j'appelle, selon la parole du sage, des âmes serviles.

III.

Mon ami, c'est à vous de choisir. Si votre choix est déjà fait, si vous êtes décidé à laisser aux événements et à ceux qui vous entourent le soin de vous faire une croyance, si votre paresse orgueilleuse vous a déjà marqué du sceau de l'esclavage, enrôlez-vous dans la grande armée de l'ignorance, et jetez-là cet écrit qui ne peut vous servir et qui n'est pas fait pour vous. Mais si, d'un esprit libre et d'un cœur résolu, vous avez décidé de chercher la vérité, apprenez qu'elle est d'un grand prix et que le droit d'avoir une opinion raisonnée s'achète chèrement. Il vous faudra feuilleter les livres, étudier la nature, interroger votre âme et chercher dans l'histoire, dans la science et dans la philosophie la solution du grand problème qui va se poser devant vous. Pour connaître ce problème, il suffit d'entendre parler tour à tour les deux grands partis qui, l'ayant résolu d'une façon opposée, se partagent aujourd'hui le monde, et entre lesquels vous serez bientôt appelé à choisir. Je vais donc les faire paraître devant vous et leur prêter à chacun son langage. Mais ne perdez pas de vue que je ne vous apporte pas ici le développement de leurs preuves et que cette laborieuse étude, au prix de laquelle vous serez libre, consiste à les chercher et à les peser. Les deux partis ne vous feront donc par ma bouche qu'un rapide exposé de leurs doctrines. Je parlerai avec la véracité d'un témoin; vous m'écouterez avec l'impartialité d'un juge, et déjà vous ne serez plus étranger aux luttes qui vous entourent. Cela doit vous suffire, jusqu'à ce qu'une croyance, formée par l'étude, vous permette d'y prendre part. Souvenez-vous enfin pendant cette lecture et durant le cours de vos recherches solitaires, que ces deux opinions, si contraires qu'elles soient, ont été la croyance d'âmes bien nées, et que pour toutes les deux sont morts des hommes de cœur. Il faut donc traiter avec respect ces opinions et garder tout votre mépris pour cette multitude, qui s'est jetée dans l'un ou l'autre camp, sans avoir fait l'examen auquel je vous convie.

IV.

Avant de faire parler devant vous les deux partis, je veux, pour leur épargner un long préambule, définir, pour ainsi dire, le terrain du combat, c'est-à-dire, indiquer le fait qui sert de point de départ aux deux doctrines. Ce fait c'est la ruine des anciens dogmes, qui enchaînaient le monde dans le repos et qui rendaient le gouvernement des hommes si facile. Le premier de ces dogmes peut s'exprimer ainsi : Nous avons péché dans notre premier père et depuis ce temps la vie humaine est une expiation destinée à satisfaire la vengeance divine. Se révolter contre la loi de la misère, contre l'ignorance, contre le mal enfin, c'est vouloir changer en paradis ce lieu d'épreuve, cette vallée de larmes ; c'est s'élever contre la loi de Dieu. Le second de ces dogmes qui n'était que la conséquence du premier peut s'exprimer ainsi : Dieu a délégué son droit sur les hommes à certaines familles, à certains chefs qui le représentent sur la terre et dont les volontés sont sacrées, puisqu'elles émanent de Dieu, qui châtie les hommes par leurs fautes. C'est la loi de l'obéissance. Vous comprenez que ces deux dogmes, acceptés par la multitude et soutenus par les puissances de la terre, eussent tenu le monde dans une paix et dans un esclavage éternels, si la raison humaine ne les avait renversés. Ils régnèrent longtemps sans contrôle, et quoique le bon sens des hommes leur donnât de continuels démentis, il se passait alors des choses que vous aurez peine à concevoir. La petite vérole dépeuplait depuis des siècles nos climats, quand on trouva contre elle un préservatif assuré. La Sorbonne en défendit l'usage : Il est impie, disait-elle, de se soustraire aux maux que Dieu nous envoie et de désarmer ses fléaux. Tels étaient l'esprit de ce temps et la logique de ses croyances.

Joignez à ce dogme de la soumission au mal celui de la soumission aux puissances , et vous comprendrez comment des générations passèrent sur une terre de douleurs et de servitude, sans murmure et sans révolte ; puisqu'elles croyaient obéir à l'ordre général du monde et à la volonté de Dieu. Mais des idées nouvelles se répandirent dans le monde et l'esprit humain brisa ses entraves. Vous lirez quelque jour l'histoire de ces grandes luttes et vous verrez comment le fer et le feu sont impuissants à garder au mensonge l'immatériel empire des esprits. En même temps que ces deux dogmes tombaient sous les huées, d'admirables découvertes accrurent la puissance matérielle des hommes et changèrent forcément les relations humaines. Des richesses immenses, des jouissances inconnues furent répandues dans le monde. La chute du vieux dogme permettait de jouir de ces fruits nouveaux du génie de l'homme, sans craindre d'offenser Dieu. On se jeta donc dans cette voie nouvelle et le bien-être devint la passion commune. Mais à côté d'aveugles désirs s'éveillèrent d'ambitieuses espérances. Certains hommes pensèrent que cette ruine des dogmes qui défendaient de jouir, coïncidant avec l'accroissement des jouissances, était une révélation de l'avenir du monde. Ils se mirent donc à l'œuvre avec une foi patiente et sincère, et cherchant le secret mécanisme du monde nouveau, travaillèrent à organiser le bien-être. Pendant qu'à travers une foule d'erreurs, ils poursuivaient cette longue recherche, voici ce qui arriva. Vous avez vu comment, sous le règne de l'ancien dogme, qui faisait du mal la condition de la vie et la volonté de Dieu, les pauvres, soumis à la loi divine, et espérant une vie meilleure, prenaient leur mal en patience. Mais quand le voile fut déchiré, quand la passion du bien-être fut descendue jusqu'à eux, ils prirent en horreur une misère qui ne venait plus de Dieu et à laquelle ils ne voyaient plus d'autres fondements que la sottise ou la méchanceté des hommes. Ils se levèrent alors et commencèrent ce grand combat, dont vous avez vu sans la comprendre la terrible mêlée. Toutes ces querelles politiques, tous ces débats de la tribune, tous ces combats de la rue n'ont donc au fond d'autres causes que la volonté des pauvres de ne plus rester pauvres, que la volonté des riches de ne pas cesser d'être riches, que l'impuissance des nouveaux sages à organiser le bien-être et à rendre tous les hommes heureux.

V.

Alors se formèrent les deux grands partis, dont il faut que l'un soit bientôt le vôtre. Les uns, estimant impossible le bonheur sur la terre et chimérique l'établissement du bien-être, regrettent le repos du genre humain, troublé par de vaines espérances et par d'inutiles combats. Ils voudraient ramener ce repos et réfréner ces désirs. Mais il leur manque les dogmes détruits, qui laissent la voie ouverte et qu'ils ne peuvent rétablir. Ils ont contre eux la passion universelle du bien-être, déjà si maîtresse du monde, qu'ils sont forcés de s'appuyer de son nom pour la combattre et de promettre au peuple, pour le gagner à leur cause, la paix et la prospérité, c'est-à-dire le bien-être. Les autres au contraire, célébrant avec orgueil la ruine des vieux dogmes, et la conversion du monde au bien-être, se font forts de lui donner ce qu'il demande et d'accomplir ainsi la nouvelle loi. Mais les moyens qu'ils proposent sont étranges et difficiles, choquent des usages reçus, des croyances sacrées, des intérêts puissants. Mais ils se contredisent entre eux sur l'application de leur doctrine commune. Mais quelques expériences, tentées par eux, ont échoué à la joie de leurs ennemis. Ils ont donc contre eux leurs contradictions, leurs défaites, le sang versé en leur nom et par-dessus tout la lassitude du peuple et l'inconstance des hommes. Quant à la foule ignorante qui suit ces deux drapeaux, vous comprenez aisément que les riches, effrayés de l'audace des pauvres et persuadés de l'impuissance des nouveaux sages à enrichir les uns sans dépouiller les autres, suivent aveuglément les défenseurs de l'ancien ordre de choses ; et que les pauvres, ne croyant plus leur misère légitime et décidés à la secouer à tout prix, suivent aveuglément les apôtres du nouveau. Je ne sais si vous êtes riche ou pauvre, mais si cette considération vous touche pendant l'impartial exposé que vous allez entendre, je vous le répète, jetez cet écrit et les yeux fermés, selon votre fortune, suivez l'un ou l'autre troupeau. Mais si vous êtes maître de vous-même, écoutez le discours que vous tiennent les défenseurs de l'ancien ordre de choses :

VI.

Jeune homme, le grand tumulte de ce temps vient seulement de ce que certains hommes ont oublié les maux attachés à la condition humaine et ont persuadé aux ignorants qu'ils pouvaient s'en affranchir. Il faut dire de ces faux sages ce que Prométhée dit de lui-même : j'ai mis dans le cœur de l'homme d'aveugles espérances. Ce funeste dépôt de Prométhée est comme un feu éternel qui éclate et s'assoupit tour à tour. Malheur à celui qui naît au temps de ces éruptions ; il est en proie aux troubles qui vous agitent ; il voit les siens livrés à l'idolâtrie de ces espérances trompeuses ; il voit sa patrie se débattre sur l'autel des faux dieux.

VII.

Avec vous nous userons d'une entière franchise. Vous voyez en nous les fils de ceux qui ont détruit les anciens dogmes, et nous nous sommes fait notre place dans le monde en balayant les débris de ce qu'avaient renversé nos pères.. Nous ne croyons pas plus qu'eux que le premier homme ait péché contre Dieu et que le monde doive se traîner éternellement dans une misère expiatoire. Nous ne croyons pas que Dieu ait sacré les rois et qu'il soit impie de les renverser du trône. Nous ne savons si Dieu a fait aux hommes une loi de la misère, une loi de l'obéissance. Nous ne savons s'il intervient dans les affaires humaines. Sur tous ces points, depuis la chute des anciens dogmes, nous ne sommes que doute et qu'ignorance.

VIII.

Mais l'étude des faits nous a montré que ces dogmes tant raillés cachaient la vérité sous de poétiques images. En effet, s'il n'était pas vrai que Dieu eût ordonné à l'homme de souffrir et d'obéir, il était vrai que l'état du

monde et les nécessités de la vie le pliaient à
la misère et à l'obéissance. Il fallait lutter
contre la nature et lui arracher son pain
de chaque jour à la sueur de son front. Il
fallait ou périr dans les dissensions, ou
se soumettre à une autorité despotique, et
acheter la paix au prix de la servitude. C'est
ainsi que la misère et l'esclavage, sans qu'il
fût besoin d'une malédiction divine, sortaient
de la nature même des choses. Quand la chute
des anciens dogmes permit à l'homme de
travailler à son bien-être en sûreté de conscience, que pouvait-il faire contre ces maux
si lourds, qu'il avait hérités de ses pères ? Les
atténuer, mais non pas les détruire, puisqu'ils
viennent de l'imperfection de sa nature aussi
fatalement que s'ils venaient de la volonté de
Dieu. Ce sont des plaies qui ne meurent qu'a-
vec le corps, qu'on peut bien rafraîchir, mais
non pas cicatriser. Un boiteux peut s'aider de
béquilles, mais il vivrait mille ans qu'il boite-

rait toujours, et la nécessité de la misère et
la nécessité de l'obéissance sont les infirmités
naturelles du genre humain.

IX.

Au lieu de nous révolter follement contre des
fléaux indestructibles, nous avons épuisé
notre génie à les rendre supportables. Exami-
nez la société telle que nous l'avons faite; exa-
minez le gouvernement, tel qu'il était construit
de nos mains avant que ces fous ne l'eussent
détruit, et vous nous rendrez ce témoignage que
nous avons atténué avec un art infini dans la société la loi de la misère, dans le gouvernement
la loi de l'obéissance. Dans la société, plus de
serfs travaillant sous le fouet, plus de maîtres
oisifs et superbes, plus de privilégiés devant
la loi. Tous sont libres et égaux; il n'y a plus
que des riches et des pauvres. Êtes-vous
pauvre, vous trouvez pour votre travail de

chaque jour, votre pain de chaque jour, et vous n'avez à craindre que les révolutions, les guerres, les crises commerciales et tous ces grands fléaux qui sont l'éternel apanage de l'humanité. Êtes-vous riche, vous avez pour servir vos plaisirs tous ceux que vos plaisirs font vivre, toute cette multitude affamée qui doit sous peine de mort bâtir et orner vos palais, construire vos voitures, tisser vos vêtements. C'est pour vous que le génie de l'homme a fait ces merveilleuses machines qui suppriment le temps et l'espace pour accroître et précipiter vos plaisirs. C'est pour vous que meurent les héros, que pensent les sages, que chantent les poëtes. Et cette heureuse vie ne peut être troublée que par les guerres, les révolutions, les maladies et tous les accidents inséparables de la nature humaine. C'est ainsi que nous avons adouci pour les pauvres et presque anéanti pour les riches l'ineffaçable loi de la misère.

X.

Mais c'est surtout dans le gouvernement que se montrèrent notre intelligence de la nature humaine et les ménagements infinis de notre art. Pour avoir la paix ici-bas, il a fallu que les hommes de chaque nation déposassent entre les mains des plus forts et des plus intelligents le droit de les gouverner. Que ce soit un ordre de Dieu ou un simple fait, c'est une nécessité de notre nature et c'est ce que nous appelons le besoin de l'autorité ou la loi de l'obéissance. Indestructible comme la loi de la misère, elle pouvait être adoucie comme elle, et c'est à l'adoucir que nous avons dévoué notre vie. Le succès avait passé nos espérances. Vous êtes jeune et vous n'avez pu étudier debout l'admirable machine, que nous avions inventée pour le gouvernement des hommes. Mais tout n'est pas perdu et vous la verrez relever quelque jour. Dans les sociétés

antiques, la loi de l'obéissance avait revêtu
trois formes également imparfaites. Ou les
riches écrasaient les pauvres, ou les pauvres
écrasaient les riches, ou le roi écrasait les
riches et les pauvres. Ces trois états s'appe-
laient aristocratie, démocratie, tyrannie; et le
genre humain semblait condamné à errer de
l'un à l'autre par une suite d'inutiles révolutions. Pour nous, acceptant ces éléments divers et les contenant habilement par leur opposition naturelle, nous en avions formé un
état, qui n'était à vrai dire ni démocratique,
ni aristocratique, ni royal, mais qui conservait
l'ordre et garantissait la paix. Le roi, les riches, les pauvres avaient leur part d'influence
insuffisante pour dominer, suffisante pour se
défendre, et les trois partis gardaient ainsi
leur indépendance; car l'un ne pouvait avancer sans être tenu en échec par les deux autres.
C'était une toile souple et impénétrable qui cé-
dait toujours et ne rompait jamais. C'était ainsi

que, dans cette merveilleuse machine, toutes les parties se maintenaient en équilibre, par une opposition molle et invincible, et que la paix était entretenue par un éternel simulacre de guerre.

XI.

Notre admirable machine semblait devoir durer toujours, mais des gens malhabiles en tendirent trop les ressorts et en troublèrent la délicate harmonie. Ce fut une occasion offerte aux ennemis ignorants de ce système, qui y portèrent leur main brutale et le détruisirent. Ils n'en voulaient pas davantage. Ils rêvaient un gouvernement populaire et ils étaient imbus de l'idolâtrie démocratique. Mais bientôt éclatèrent au grand jour notre sagesse et leur inconséquence. A peine, en effet, eurent-ils détruit notre habile combinaison, qui tenait tout en suspens par une sorte d'équilibre, que les

riches et les pauvres, se retrouvant brusquement en présence, recommencèrent la guerre
éternelle et que la brèche fut ouverte à ces
ennemis, autrement redoutables, qui rêvent
l'extinction du mal et l'abolition de la misère.
Les destructeurs de notre système se divisèrent
aussitôt en deux partis. Les uns, logiques dans
leur folie, allèrent se ranger parmi les partisans
de l'ordre nouveau et, après avoir voulu effacer la loi de l'obéissance, travaillent à effacer
la loi de la misère. Les autres revenant à eux-
mêmes, reconnaissant que l'invincible loi de
la misère appelait la loi de l'obéissance, et que,
pour conserver l'ordre social, il fallait conserver
l'autorité qui en est la sauvegarde, et notre
système qui en est la meilleure expression, firent amende honorable et rentrèrent dans notre
camp. D'autres enfin, adorateurs stupides de
l'idole démocratique, se débattent dans une ri-
dicule contradiction. Ils ont mis la société à
découvert et prétendent la défendre; ils ont

ouvert la lice et veulent empêcher le combat. Aussi, écrasés de leur inconséquence et debout entre les deux armées, ils seront comptés pour rien au jour de la bataille et foulés aux pieds des chevaux. Il vous faut donc choisir, jeune homme, entre nous et nos adversaires; entre ceux qui, acceptant la loi de la misère et la loi de l'obéissance, telles que la nature les a faites, les ont atténuées et adoucies avec un art si merveilleux qu'il ne reste plus rien à faire, et ceux qui repoussant ces lois, comme des fantômes de notre ignorance, prétendent entraîner les hommes sur leurs pas à la conquête de la liberté absolue et du bien-être universel.

XII.

Qu'ils le disent, ces régénérateurs du genre humain et leurs sectaires inbéciles, qu'ils le disent comment ils espèrent accommoder ce monde au bonheur et l'âme humaine à la liberté.

Ne voient-ils pas que le monde qui nous entoure est le théâtre d'éternels combats ? Ne voient-ils pas que l'homme, éperdu au milieu de ces tempêtes, a bien assez à faire pour n'être pas emporté dans ce grand tumulte et pour passer en repos le peu de jours qui lui sont accordés ? Depuis la mer qui bat en brèche ses rivages, depuis le fleuve qui noie sa rive couverte de moissons jusqu'au ver qui tue le fruit dans sa fleur, ne voient-ils pas que la nature est comme animée à se détruire, et que le mal et le bien s'y combattent à armes égales, sans fin et sans repos ? Croient-ils rompre le cours de la destinée universelle, empêcher le vent de briser leurs vaisseaux, la peste de dépeupler leurs palais? Qu'ils jettent les yeux sur les hommes, qu'ils rentrent en eux-mêmes et ils verront que la société et que leur âme sont de fidèles miroirs des luttes de la nature. Les êtres se dévorent les uns les autres; la destruction des faibles fait la vie des forts. Telle est la loi du monde, depuis la plaine qui s'engraisse de cadavres et que fécondent les débris, jusqu'au moucheron qui vit d'insectes invisibles. Dans la société, les forts ne dévorent pas le corps des faibles, mais ils sont nourris par leurs mains et le travail et la misère des uns fait le bonheur et le loisir des autres. Renverserez-vous cette loi générale du monde ? Changez donc aussi votre âme et étouffez-y pour toujours la continuelle sédition de vos désirs. Ne sentez-vous pas en vous-même un monde de passions invincibles et d'irréparables faiblesses ? Vos désirs ne sont-ils pas toujours plus vastes que votre puissance et ne vous forcent-ils pas à souffrir, soit que vous les réprimiez, soit que vous tâchiez en vain de les satisfaire ? Comment donc osez-vous espérer la paix et le bonheur ? Chasserez-vous les mauvais désirs du cœur de l'homme et briserez-vous les ressorts qui le font agir ? O prophètes du nouveau monde, apôtres désintéressés de la loi nouvelle, sondez un moment votre cœur et dites si c'est le libre choix de votre raison qui vous a mis la plume à la main. Vous, c'est un serment, pareil à celui d'Annibal, prêté dès l'enfance; vous, c'est un orgueil invincible, c'est la haine de tout ce que vous n'avez pas élevé de vos mains; vous, c'est le désir du pouvoir; vous, c'est le goût du désordre; vous, c'est l'amour et la vanité tout ensemble, c'est le désir de vous relever par la gloire aux yeux d'une personne aimée. Je vous pardonne à tous; vous êtes des hommes et vous ne pouvez échapper aux misères humaines; mais pourquoi dire qu'elles ne sont pas éternelles et que vous en affranchirez vos neveux? L'histoire est là qui confond vos espérances. Elle vous dit que les hommes sont ce qu'ils ont toujours été : osez-vous dire que l'expérience de tant de siècles les a rendus meilleurs? Vous avez fait une république; combien y avez-vous compté d'Aristide? Comparez le présent au passé et jugez de l'avenir.

XIII.

Tout nous dit qu'il y a des limites au progrès, qui n'est autre chose que l'adoucissement gradué des ineffaçables lois de la misère et de l'obéissance ; tout nous dit que nous avons atteint ces limites et qu'un pas de plus nous jetterait dans les abîmes. Il faut s'arrêter, quand tout changement ne peut que nuire et quand, par une sorte d'oscillation réglée, toute tentative pour avancer nous fait reculer au delà du point de départ. Tel est le signe auquel doivent s'arrêter les nations. Le mieux est l'ennemi du bien, voilà la devise des temps modernes. Vous pouvez voir qu'autour de vous tout a touché sa limite et ne saurait être changé sans péril. Ne pouvant satisfaire leurs désirs, les hommes ont résolu de les vaincre et c'est ce qui s'appelle vertu. La vertu est nécessaire au repos du monde et digne de toutes sortes d'honneurs. Supprimez-la, et l'homme est dévoré par ses propres désirs. Exagérez-la au contraire, et vous vous consumerez dans des luttes douloureuses, jusqu'à ce que vos désirs tout à fait vaincus vous laissent insensibles. Mais n'ayez pas une vertu trop ambitieuse, soyez le maître et non le tyran de vos désirs, et dans ce juste milieu tempéré, vous serez médiocrement heureux, comme il convient à la nature humaine. C'est là une image abrégée du monde et tout ce qui vous entoure est soumis aux mêmes lois que votre âme. L'admirable machine de gouvernement, qu'on a brisée entre nos mains et que nous travaillons à reconstruire, était sans doute pleine de défauts et d'imperfections. Mais elle maintenait la paix et l'indépendance entre les éléments opposés, qui divisent la société ; et tout ce qu'on peut mettre à sa place n'est qu'un instrument d'oppression, qu'une arme de guerre civile. Nous avions donc en ce point

touché la limite et donné à la loi de l'obéissance sa forme la plus humaine et la plus tolé-
rable.

XIV.

Portez maintenant vos regards au delà de
nos frontières. Vous voyez des nations fortes
et des nations faibles, divisées de langues,
d'idées, d'intérêts, jalouses de se détruire.
Ces insensés parlent d'établir entre elles,
l'union et la paix ou, comme ils disent dans
leur langage, la fraternité universelle. Qu'ils
commencent donc par dépouiller l'homme et
les nations de leur nature. Qu'ils les délivrent
des préjugés de race et de patrie, de la jalousie, de l'ambition et de toutes ces passions
guerrières, qui, agitant le cœur des nations
comme celui d'un seul homme, les lancent et
les épuisent les unes contre les autres, en leur
donnant seulement le temps de reprendre ha-

leine entre deux siècles de combats. Parmi ces nations les plus puissantes ont vaincu les plus faibles et les tiennent en servitude. Les insensés s'en indignent et veulent répandre notre or et notre sang pour les affranchir. Quand vous saurez par l'étude, jeune homme, que l'empire des forts et la servitude des faibles sont de tous les temps, parce qu'ils sont les conséquences fatales de notre nature, vous comprendrez qu'il est inutile de s'épuiser à donner aux faibles une indépendance éphémère et à faire disparaître un instant du monde une servitude, dont les causes éternelles sont au-dessus de notre atteinte. Pour nous, sans espérer follement anéantir la guerre, nous la tenons en suspens, par une sorte d'équilibre, et en inspirant aux nations une crainte mutuelle, nous les réduisons à une paix armée, qui satisfait leur vanité et trompe leur énergie. Nous laissons à nos enfants le soin de maintenir cette œuvre difficile, trop heureux d'avoir suspendu pour un temps le fléau de la guerre. De ce côté aussi, nous avons donc atteint les dernières limites que nous fixaient la nature humaine et l'inflexible nécessité de ses lois.

XV.

Le spectacle de notre malheureuse patrie, les plaintes d'un peuple en détresse vous disent assez que si nous avons réduit à ses dernières limites la loi de la misère, nous ne sommes point parvenus à l'anéantir, et qu'elle pèse sur nous aussi lourdement qu'aux premiers jours de la création. Alors le fort s'engraissait des fruits de la terre et ravissait au faible sa grossière pâture; alors s'étalait un luxe rustique auprès d'une affreuse indigence. Aujourd'hui la forme a changé, le fond reste le même. Jamais les riches ne furent plus heureux, jamais les pauvres ne furent moins misérables; mais la distance qui sépare le bonheur des uns de la misère des autres est aussi grande que parmi les premiers enfants de la terre. Et cela est une loi de notre nature ; comme vous le verrez, jeune homme, quand l'étude vous aura montré que la richesse, comme la force aux premiers âges, conquiert sans rien perdre de ses moyens de conquérir et nourrit celui qui la possède sans jamais s'épuiser [1]. Là est le secret de cette fatalité mystérieuse, qui semble s'attacher à enrichir les riches et à appauvrir les pauvres.

Vous ne vous révolterez pas contre cette loi qui paraît contraire à la justice, mais qui est conforme à la nature, et contre laquelle vos efforts seraient aussi vains que contre la force qui fait suivre à l'eau sa voie, que la pente a tracée. Vous ne vous étonnerez pas non plus de voir les découvertes du génie de l'homme et les progrès merveilleux de sa puissance créa-

[1] Par l'intérêt de l'argent.

trice, impuissants à changer cet état de choses, augmenter le bien-être pour les heureux sans en approcher d'un pas les misérables. Bien plus, en voyant ces machines si fécondes, funestes aux pauvres, à qui elles ravissent quelquefois, en travaillant à leur place, leur salaire et leur pain, vous sentirez encore mieux que la loi de la misère est invincible, et que l'homme peut être empoisonné par les bienfaits de son génie. Songez enfin que le règne éternel de la loi de la misère est aggravé périodiquement par des circonstances indépendantes de la volonté humaine, et qu'en face des guerres et des révolutions, le bien-être des riches et la vie des pauvres sont aussi fragiles que des roseaux exposés au vent.

XVI.

Reconnaissez donc avec nous, jeune homme, que les rapports des peuples entre eux et leur

gouvernement intérieur sont soumis à des conditions éternelles, parce qu'elles nous sont im-
posées par la nature des choses et par notre
nature; et qu'il nous est défendu d'espérer
qu'ils aient jamais pour règle unique la justice
et la liberté. Reconnaissez avec nous que l'accroissement du bien-être est soumis à des conditions inflexibles qui nous défendent d'espérer
que la pauvreté s'efface de ce monde, et que
le bonheur s'y établisse pour tous et pour toujours. Et, puisque ces lois de l'obéissance et
de la misère sont invincibles et éternelles,
croyez et répétez avec nous que ceux qui sou-
lèvent les peuples contre elles et parlent fière-
ment de les détruire, sont des niais ou des im-
posteurs; et qu'il faut se garder d'échanger le
repos, qui est le souverain bien, contre la vaine
et laborieuse poursuite à laquelle ils nous
convient.

XVII.

Mais ils veulent nous entraîner sur leurs pas à leur chimérique conquête et nous contraindre à être heureux. Ils ont séduit les peuples par leurs promesses, ils les ont enflés de leurs espérances, et par toute l'Europe, ils ont, pour ainsi dire, arraché les nations de leurs fondements. C'est à ce grand désordre, jeune homme, qu'il nous faut porter remède. Maintenir la paix où elle règne encore, la rétablir où ces fous l'ont troublée ; défendre partout ce qu'ils veulent détruire et ce qu'ils ne peuvent remplacer ; voilà notre tâche et nous la remplirons jusqu'à la mort. Notre premier soin doit être de relever dans ce pays cette admirable machine de gouvernement, qui est à la fois la plus douce et la plus parfaite expression de l'autorité et la seule garantie de l'ordre et du repos. Nous y parviendrons doucement et sans violence, et il sera temps alors de vaincre sans retour et l'idolâtrie démocratique, qui nie la loi de l'obéissance, et l'idolâtrie sociale, qui nie la loi de la misère.

XVIII.

Mais notre tâche serait plus facile et notre victoire plus prochaine si les dogmes qui font venir de Dieu l'obéissance et la misère, et qui les rendent sacrées aux yeux des hommes pouvaient reprendre sur les esprits leur empire détruit. Oh! que notre paix serait profonde, que l'ordre social serait assuré, si les hommes acceptaient sans murmure une malédiction héréditaire, si le faible adorait sa faiblesse et le pauvre sa pauvreté. Insensés que nous sommes! nous avons trouvé détruits ces dogmes tutélaires et nous en avons effacé joyeusement les derniers vestiges. Nous expions notre folie par un repentir sincère. Nous tendons la main aux rares défenseurs des anciens dogmes, à ces vieux ennemis qu'a hués notre jeune éloquence ; et maintenant, réunis par le danger, nous relevons de concert les remparts antiques de l'ordre social.

XIX.

Il n'est pas si difficile que vous le pensez de remettre les anciens dogmes en crédit. Découragés par leurs vains efforts contre le mal, par tant de luttes infécondes et sanglantes, les peuples sont tentés de croire véritable cette doctrine, qui légitime ce qu'ils ne peuvent détruire, et ils sont ainsi ramenés par fatigue à la religion de la résignation et du repos. Ces vieux dogmes d'ailleurs s'enchaînent dans l'esprit de la foule à d'antiques et chères croyances, à des pratiques vénérées, et enfin à ce grand besoin de croire qui est le fond du cœur de l'homme. Nous ranimons donc cette

flamme mal éteinte ; et la foi qui fit la consolation des aïeux fera le salut des enfants.

XX.

Comme nos adversaires, nous reconnaissons que la passion du bien-être est aujourd'hui
maîtresse du monde, mais, en attendant que
nous ayons pu la détruire, nous pouvons sans
peine la tourner contre eux. Qu'offrent-ils en
effet au peuple pour le séduire? Des promesses
contradictoires, des biens lointains et douteux,
qu'il faut aller chercher avec mille fatigues, à
travers la guerre civile et la guerre étrangère.
Pour nous, nous offrons au peuple des biens
qu'il connaît et qu'il regrette, le travail et le
salaire, une vie médiocre, mais assurée, une
liberté bornée mais tranquille, le rétablisse-
ment et la durée de la paix. Nous avons donc
pour nous la lassitude des nations, la paresse
du genre humain, et nous vaincrons nos ad-

versaires par la passion du bien-être, qui est leur arme la plus puissante et la plus redoutée ; nous avons pour nous l'entraînement irrésistible de l'usage et dix-huit siècles d'habitude ; nous avons pour nous cet orgueil de la vertu, qui fait que l'homme aime à dompter ses désirs pour tirer vanité de sa victoire ; nous avons pour nous, par tout pays, l'autorité des rois, l'influence des riches, la voix des prêtres, le point d'honneur des armées ; nous avons enfin, comme dernière ressource, les forces disciplinées et inépuisables d'un grand empire despotique, que nous appellerions au besoin au secours de l'ordre social ; car il vaut mieux reculer de quelques pas que d'être entraîné jusqu'aux abîmes. Telles sont nos forces ; elles sont dignes de nos desseins, elles nous permettent de porter haut nos espérances.

XXI.

Jeune homme, venez dans nos rangs sauver
e monde en péril. C'est parmi nous qu'il est
beau de combattre ; c'est avec nous qu'il est
sûr de vaincre. Laissez les âmes ignorantes et
vulgaires s'éprendre de ces ambitieuses folies.
Distinguez-vous de ceux de votre âge en adop-
tant notre doctrine, qui relève et grandit ses
sectateurs ; car notre sagesse est la sagesse des
vieillards, et les jeunes gens ont peine à la
comprendre. Vous aurez à votre tête tout ce
qu'a illustré dans ce siècle la plume et l'épée,
les lumières de l'Église, les maîtres éloquents
de nos assemblées, les glorieux débris de nos
guerres. Nos adversaires sont un petit nombre
de gens, hardis sans courage, grands parleurs
sans éloquence. On les a hués à la tribune ; ils
ont fui devant nos soldats ; ils sont déchirés par
des divisions intestines. Derrière eux marche

la foule sans nom des misérables, armée brutale et sanguinaire, dont l'indiscipline fait redouter aux chefs de remporter la victoire. Mais ce n'est pas notre force, jeune homme, qui doit vous attirer dans nos rangs, c'est la justice de notre cause, c'est la solidité de nos raisons, qui vous sera démontrée par l'étude. Fussions-nous vaincus, désarmés, bannis, comme le sont maintenant nos adversaires, qu'il serait digne de vous d'être pour la vérité contre la fortune. Et d'ailleurs ce vieux monde qu'on parle de détruire, est-il si mauvais que le disent les apôtres du nouveau et mérite-t-il toutes leurs injures ? Leurs espérances ne seraient pas chimériques que la vie, telle que la société nous la fait, pleine de combats, d'accidents et d'aventures, aurait plus d'attraits pour une âme élevée, que la triste monotonie d'un bonheur sans fin. La lutte rend l'homme plus fort comme la souffrance le rend meilleur. Votre jeunesse bouillante n'appellet-elle pas les hasards ? N'êtes-vous pas pressé de vous jeter dans la mêlée de la vie, et êtes-vous d'humeur à vous abêtir dans un bien-être immobile ? Vous aurez sans doute à livrer de rudes combats et votre cœur n'en sortira pas sans blessure. Mais ces blessures même ont leurs charmes pour une âme à la fois sensible et courageuse. Ce sont ces grandes douleurs qui ont fait vibrer tant de lyres; c'est d'elles que sont sortis ces sanglots immortels, qui sur les lèvres des hommes, ont traversé tant de siècles, théâtres des mêmes douleurs, échos des mêmes pensées. Sacrifierez-vous sans regret les luttes de la volonté contre le désir et vos victoires intérieures? Échangerez-vous volontiers contre les plaisirs d'une vie trop facile les joies orgueilleuses de la vertu? Gardez-vous de cette ivresse brutale, qui fait voir le bonheur suprême dans les plaisirs des sens et la destinée de l'homme dans l'établissement du bien-être. Combattez avec nous jusqu'aux dernières extrémités ces destructeurs insensés, qui ne pourraient pas même nous donner, en échange de tant de labeurs, les honteux présents qu'ils nous destinent, la vie des plantes et le bonheur des brutes.

XXII.

Voici maintenant ce que disent ceux qui veulent détruire l'ancien ordre de choses et qui prétendent renouveler la face du monde :

Jeune homme, oubliez un instant la lutte tumultueuse qui vous assiége et d'un coup d'œil rapide voyez le fond de la querelle. Alors les forces des partis et les chances de la fortune ne vous inquiéteront guère, car vous saurez l'issue du combat. Figurez-vous un enfant livré dès sa naissance à toutes sortes de précepteurs. Il a grandi sous leur tutelle et le sentiment de sa force lui persuade de s'en affranchir. Il a rompu avec le premier

âge ; les croyances , les châtiments , les devoirs
de son enfance lui sont odieux et insuppor-
tables ; il veut changer de vie ; il se sait libre
et il veut être heureux. Mais il était riche et
payait magnifiquement ses maîtres. Ils s'é-
murent donc de ses desseins de liberté et ré-
solurent de s'imposer à lui en prolongeant son
enfance. Quoi, lui dirent-ils, vous voulez
changer de vie et vous défaire de nous ! Mais
avez-vous changé de nature ? Êtes-vous aujourd'hui plus sage et plus fort que vous ne
l'étiez hier ? Et qui donc vous apprendra vos
devoirs ? Qui donc contiendra et châtiera pour
votre bien votre méchante nature ? Oh ! l'étrange
dessein que vous avez formé, et que vous êtes
abandonné de Dieu si vous parvenez à l'accomplir ! Leur élève se rit de leurs discours,
car il voit quel intérêt les guide. Il sait qu'ils
mentent, car il sent en lui le feu de la jeunesse
et comme l'impulsion de sa destinée. Il les
écarte de la main pour se faire un passage.

Mais ils résistent, mais ils arment contre lui les domestiques de sa maison, habitués à leur obéir, et tentent de le retenir par force. Lutte sacrilége dont l'issue n'est pas douteuse, car si les rhéteurs et les valets sont d'un côté, le droit et la nécessité sont de l'autre.

XXIII.

C'est ainsi qu'autour de vous les peuples avides de liberté, altérés de bien-être, veulent marcher au bonheur par l'établissement de la justice. Ils ont sommé leurs maîtres de leur faire place et de leur ouvrir le chemin et, d'une voix presque unanime, ils ont déclaré, par leurs assemblées, que telle était leur volonté souveraine. Que font alors les précepteurs des nations? Comme ceux dont nous venons de parler, ils essayent d'abord les conseils et les prières ; mais voyant qu'ils parlent en vain, ils arment aussi contre leur élève les domestiques de sa maison : c'est-à-dire qu'à l'aide du plus abominable préjugé qui fut jamais, ils tournent contre le peuple les soldats armés pour le défendre. Ils chassent ainsi les assemblées, tuent les citoyens et retiennent les nations prisonnières. Qu'est-ce après tout qu'une pareille tentative? Qu'ont-ils à craindre, ces peuples, dont on veut prolonger l'enfance. Ni persécution ni violence ne les empêcheront de grandir. Qu'a-t-il à craindre cet enfant qu'on veut enchaîner dans des vêtements trop étroits pour sa taille? Qu'il reste seulement immobile, et bientôt ses membres, croissant toujours, feront d'eux-mêmes éclater leur prison.

XXIV.

Pleins de confiance dans l'avenir, nous pourrions laisser à notre victoire prochaine le soin de vous gagner à notre cause. Mais puisque les apôtres de la nécessité de l'obéissance et de la misère et de l'éternité du mal vous ont exposé leur doctrine, nous vous dirons rapidement à notre tour quels sont les fondements de nos espérances. Nous reconnaissons, comme nos adversaires, que les anciens dogmes sont tombés ; mais nous espérons qu'ils sont tombés sans retour. Nous ne renions pas l'œuvre de nos pères ; car si nous espérons élever notre nouvel édifice, c'est sur les ruines qu'ils nous ont amassées. Si les anciens dogmes ne tiennent plus votre esprit en servitude, vous êtes préparé à recevoir la bonne doctrine. Si vous êtes encore sous l'empire de ces vieilles croyances, allez désapprendre à croire dans les œuvres de ce siècle glorieux, qui a détruit sans retour le Dieu injuste et jaloux devant lequel tremblait le monde. Mais à quoi bon tant d'études ? Fermez les livres, rentrez en vous-même et voyez à quel Dieu l'on vous propose de croire. Il est éternel et tout-puissant ; il sort de son repos majestueux pour faire le monde. Et pourquoi cette création? Pour témoigner de sa gloire et de sa puissance aux yeux des hommes. Mais les témoins eux-mêmes sont sortis de ses mains et qu'a-t-il besoin de leur témoignage? Mais ce monde est plein de larmes et de gémissements ; les créatures souffrent, et pourquoi? parce qu'elles sont nées pour souffrir. O Dieu créateur qui, après un repos de tant de siècles, faites sortir du néant le mal et la douleur, votre monde rend témoignage de votre toute-puissance, mais il rend aussi témoignage contre votre justice. Créer un monde et le créer imparfait, créer des hommes et les créer misérables, afin que ce monde imparfait fasse soupçonner la perfection divine, et que ces hommes misérables tournent vers leur Créateur un regard de crainte et d'envie, est-ce là ce que vous auriez fait vous-même? Voudriez-vous d'un pareil rôle et ferez-vous à votre Dieu l'injure de le croire moins sage et moins juste que vous? Des docteurs vous diront froidement que l'homme a reçu de Dieu l'idée du bien et du mal pour reconnaître la tentation et la volonté pour la vaincre. Mais quel est ce jeu cruel de mettre l'homme aux prises avec le mal et de le punir de ses défaites? O Dieu, comment ce misérable spectacle peut-il relever votre gloire et convenir à votre bonté? Mais tout me vient de vous dans ce fatal combat, tentations et volonté. Suis-je coupable si l'arme que vous m'avez donnée tombe des mains que vous m'avez faites? Des récompenses magnifiques m'attendent après la victoire? Et si je suis vaincu! Et d'ailleurs que me font vos récompences lointaines, quand les maux présents m'accablent et m'épuisent? Est-il digne de vous de me faire acheter si cher vos bienfaits? Est-il digne de vous d'inventer un sentier d'épines, afin d'y faire passer les créatures sorties de vos mains? Il n'appartient qu'aux enfants de fouetter les poupées qu'ils ont faites; à peine ont-ils l'idée du juste et de l'injuste qu'ils en rougissent ; et vous, grand Dieu, ce serait là votre œuvre de toute éternité. Cela répugne à la raison et au cœur de l'homme. Les fondateurs de religions l'ont compris et, craignant que la conscience humaine ne se révoltât contre leur Dieu, ils n'ont jamais osé le faire directement l'auteur du mal. Les uns ont inventé un principe mauvais, indépendant d'un Dieu juste et son éternel adversaire ; les autres ont rejeté tout le mal qui est dans le monde sur un ange déchu, qui fut le tentateur du premier homme. Mais était-il digne de Dieu de lui livrer sa créature ? Et d'ailleurs cet ange lui-même ne sort-il pas des mains divines ? A-t-il trouvé le mal dans la méchante nature que Dieu lui a donnée, ou fut-il aussi tenté et faudra-t-il inventer pour lui un autre tentateur ? Mais il faudra remonter ainsi à l'infini, jusqu'à ce que Dieu soit directement l'auteur du mal, et que la conscience humaine se soulève encore une fois. Vous reconnaissez ici, à l'existence du mal et à la difficulté d'en expliquer l'origine, les bornes qui entourent de tous côtés notre raison. Mais que nous importe? Notre bonheur n'est pas attaché à la solution de cet obscur problème. Il nous suffit de savoir que Dieu n'est point l'auteur du mal, qu'il n'en a pas fait la loi de notre nature et le fondement de la création, pour que le mal, cessant d'être à nos yeux éternel et sacré, nous ayons le droit de le combattre et l'espérance de le vaincre.

XXV.

Non, nous ne sommes pas les fils d'un Dieu de colère, ce monde n'est pas une vallée de larmes, et la nécessité du mal sur la terre n'est qu'une illusion dont s'est longtemps bercée la résignation paresseuse du genre humain. Ou plutôt, c'est un argument commode des maîtres de la terre, qui assurent leur empire, en remettant après la mort l'établissement

d'une justice qui les eût renversés. Si Dieu
n'existe pas, ou si, content d'avoir créé, il est
rentré dans son repos, laissant à elle-même
la multitude des mondes; s'il est vrai, comme
semblent le dire les lois éternelles et immuables
de la matière, que les mondes, une fois créés,
peuvent vivre, tourner et mourir sans aucun
nouveau miracle, sans aucune intervention divine; s'il est vrai qu'une même vie circule
dans tous les êtres, qu'elle s'élève par degrés
depuis l'étincelle électrique jusqu'au rayon de
l'intelligence humaine, depuis l'attraction de
l'aimant jusqu'au délire de l'amour; s'il est
vrai que nous ne sommes que les plus vivantes
des créatures; s'il est vrai que la flamme qui
nous anime retourne au foyer commun, et que
la mort anéantit la personne humaine; s'il est
vrai enfin que le globe nous a enfantés après
avoir plusieurs fois dévoré sa création, et qu'il
peut s'ouvrir un matin pour ensevelir l'humanité; alors la terre est notre domaine; nous

devons l'ordonner à notre fantaisie, en jouir sans peur et sans mesure, en arracher toutes les épines et l'accommoder à l'immensité de nos désirs. Mais il nous faut commencer par y établir la justice, afin de mettre la paix parmi les laboureurs. C'est ainsi que nous changerons les fers de lance en socs de char-rue, et que nous tirerons de notre champ tout ce qu'il contient de trésors.

XXVI.

Si au contraire quelque essence invisible se cache dans ces profondeurs, où notre vue agrandie n'a pu découvrir que des mondes sans nombre et qu'un espace sans bornes, si Dieu existe enfin et s'il gouverne les affaires humaines, il n'est pas pire que le dernier des hommes. Il n'a donc pas formé à plaisir d'ad-mirables machines souffrantes. Il n'a pas fait des créatures sensibles, pour torturer leur corps par une éternelle misère; intelligentes, pour enchaîner leur esprit dans une ignorance invincible; aimantes, pour déchirer par d'impérissables haines leur cœur altéré d'amour. Il n'a pas étalé sous nos yeux ce monde plein de richesses et de jouissances, pour aiguiser notre faim et redoubler nos douleurs. Il n'a pas voulu qu'une légère diminution de nos maux nous fît espérer à tort de nous en affranchir, et que l'humanité se dévouât à une illusion séculaire. S'il y a un Dieu, nous sommes dans ses voies, en cherchaut le bonheur dans les facultés qu'il nous a faites et sur la terre qu'il nous a livrée; et les véritables blasphémateurs sont ceux qui couvrent de son nom les misères et les iniquités de ce monde.

XXVII.

Nos adversaires l'ont compris et il n'est personne parmi eux, excepté les rares défen-

seurs des vieux dogmes, qui fasse encore de
Dieu le législateur de la misère et de la servitude. Mais ils ont trouvé contre nous un argument plus redoutable. C'est qu'à part toute
intervention divine, le mal est la condition du
genre humain et qu'il vient de deux sources
éternelles, la nature du monde et la nature
de l'homme. Il vous faudra donc, jeune
homme, laisser de côté ces hautes et téné-
breuses questions de l'existence de Dieu et
de ses rapports avec le genre humain, pour
découvrir par une étude plus sûre et plus
aisée, si le règne du mal sur la terre est
assuré contre nos efforts. Mais rappelez-vous,
durant toute cette recherche, que si Dieu
n'existe pas, vous êtes votre maître et le
maître du monde, et que, s'il existe, il n'est
pas le défenseur du mal et protége votre courageuse entreprise. Vous vous souviendrez
donc toujours, si vous entrez dans nos rangs,
que vous n'avez pas devant vous des lois di-

vines à enfreindre, mais des obstacles à renverser.

XXVIII.

Peut-on triompher de ces obstacles et le mal peut-il être vaincu ? Gardez-vous ici de la mauvaise foi de nos adversaires. Ils disent que le mal est dans la nature de l'homme, et ils en donnent pour preuve ces désirs impétueux qui nous portent à troubler la paix du monde et à répandre autour de nous le désordre de notre âme. Ils feignent d'oublier la source de ces désordres qui est l'imperfection du monde et son impuissance à satisfaire nos désirs. Supprimez cette cause première de nos maux en pacifiant la terre, en la rendant féconde pour tous ses enfants, féconde pour tous nos désirs, et vous enlevez d'un seul coup ces plaies de l'âme nées de l'indigence du monde extérieur. Elles ne se guériront pas, s'écrient-ils, elles viennent du fond même de notre nature. Est-ce une raison pour ne pas nous affranchir du mal physique, sauf à ne plus souffrir que par nous-mêmes? Votre fièvre ne se peut guérir? dites-vous. Elle vient de l'ardeur de votre sang! Peut-être, mais commençons par dessécher les marais qui vous entourent. Pour nous, il nous plaît de tenter l'expérience et de voir si l'homme, devenu vraiment le roi de la création et le souverain tranquille de l'univers, aurait encore assez de génie pour se rendre malheureux. Il en serait ainsi, que notre œuvre serait bonne et qu'il serait glorieux d'avoir réduit cet enfer, qui occupe aujourd'hui le monde entier, à n'habiter plus que le cœur de l'homme.

XXIX.

Ne songeons donc plus qu'à ce mal physique avec lequel il faut nous mesurer. Nos adversaires vous l'ont dit, il revêt deux formes : la loi de l'obéissance et la loi de la misère. A la

première se rattachent l'inégalité, la servitude
d'homme à homme et de peuple à peuple, les
vices de gouvernement, les imperfections de
l'ordre social, en un mot l'injustice dans tous
ses effets et sous toutes ses formes. A la seconde
se rattachent les guerres, les famines, les ban-
queroutes, la pauvreté, la peste; en un mot
toutes les privations, toutes les souffances du
genre humain. C'est à cet immense cortége de
maux que nous avons déclaré la guerre. C'est
de cette armée de tyrans invisibles que nous
voulons par degrés affranchir le monde, et c'est
pour hâter l'heure de cette délivrance que nous
soulevons les peuples et que nous détrônons
les rois.

XXX.

Si vous êtes étonné, jeune homme, de l'audace de nos espérances, sachez que nous combattons un ennemi affaibli par mille défaites,

et que la victoire décisive que nous voulons remporter sur le mal n'est que le terme glorieux de dix-huit siècles de combats. Consultez l'histoire du genre humain. Que l'âme de l'homme soit un principe spirituel ou qu'elle soit une force inhérente à la matière organisée ; que la personne humaine soit indivisible et indestructible ou qu'elle aille après la dissolution du corps se perdre avec lui dans le fonds commun ; qu'il y ait ou non des peines et des récompenses, un devoir, une morale, un Dieu, quelle que soit enfin la solution de ces redoutables problèmes, toujours résolus et toujours à résoudre, il est certain que les hommes d'aujourd'hui savent plus que ne savaient ceux d'hier, disposent plus librement de la matière et des forces du monde, ont une idée plus claire et plus complète de ce qui est juste et de ce qui est bon ; que l'humanité en un mot, comme ferait un homme immortel, grandit chaque jour en science, en puissance, en justice. Ce fait était ignoré de nos aïeux, pour qui un passé trop court n'avait pas d'enseignements : aussi croyaient-ils au destin et adoraient-ils la fortune. Pour nous, hommes de ce temps, enhardis par ce fait, désormais démontré pour nous, et éclairés par cette lumière nouvelle, nous avons brisé le sceptre de la fortune et retiré au hasard l'empire des choses humaines. Entourés de ruines, nous avons le cœur ferme et l'âme sereine ; nous entendons sans pâlir l'universel craquement du monde et, au milieu des pleurs et des cris de ceux qui sont restés aveugles, nous sommes pleins d'espérance et de consolation. Qu'on considère ce fait dans le passé, où nous voyons les générations enfanter des générations meilleures, nées au milieu des larmes ; qu'on le considère dans le présent, où nous voyons les idées agitées par les tempêtes, s'épurer et s'étendre, comme la flamme battue par les vents ; qu'on le considère dans l'avenir, où nous croyons voir l'hu-

manité toucher un terme inconnu, plein de
grandeur et de délices, ce fait s'appelle d'un
nom unique, qui est à lui seul le mot de l'é-
nigme des temps passés, l'espérance du temps
présent, le dogme des grands esprits et la religion des grands cœurs, c'est le progrès.

XXXI.

Les progrès de l'homme en science et en
puissance, c'est l'abolition progressive de la
loi de la misère; le progrès de l'homme en
justice, c'est l'abolition progressive de la loi
de l'obéissance. Vous trouverez, jeune homme,
des hommes qui ne croient pas au progrès.
Ceux-là sont les plus logiques et les plus in-
placables de nos adversaires. Mais quelle
énigme est-ce donc pour eux que le monde et
à quel Dieu ils sont forcés de croire! Pour nous,
le progrès est le premier article de notre foi,
le fondement de notre doctrine. Il est à lui

seul une religion, qui a pour temple le monde et pour ministres tous ceux qui se sont dévoués au bonheur de l'humanité. Contemplez à travers les siècles cette longue lutte de l'homme contre la nature, cette suite de révoltes heureuses contre la loi de la misère. Prométhée, Caïn, les premiers héros de cette lutte sublime, sont victimes de la jalousie des dieux, mais qu'importe? le flambeau était allumé, et sa flamme vacillante traverse les plus violentes tempêtes. Aujourd'hui, c'est un incendie qui enveloppe le monde. La science y règne en souveraine; elle enivre les cœurs, et si vous n'avez déjà goûté de cette ivresse, vous en goûterez quelque jour. Mais sans vous borner à une admiration stérile pour le progrès de la science, pénétrez-en les causes et voyez ce qui nous en garantit l'éternité. La recherche patiente, le hasard inprévu, tout conspire à l'augmenter sans cesse. C'est un immense trésor, où s'entassent confondus les fruits du travail et les dons de la fortune. Chaque découverte est le germe d'une découverte prochaine, et nul n'a la puissance d'arrêter ce perpétuel enfantement. Sans prêtres, sans autels, sans fanatisme, la science envahit le monde, comme autrefois la religion. Derrière les savants, avant-garde impétueuse, qui s'épuise à chercher les routes, à déblayer les chemins, marche la foule, d'un pas si lent et si sûr qu'on la dirait immobile. Elle marche cependant, elle suit les savants à moins d'un siècle de distance, et ses préjugés qui vous font sourire sont les axiomes de l'âge précédent.

XXXII.

Mais si la science nous est chère par-dessus toute chose, c'est qu'elle est le fondement de notre doctrine et que l'âme qu'elle a ravie est bien près d'être à nous. Il ne croit guère au Dieu jaloux de nos progrès et tout-puissant sur

nos affaires, celui qui a compris l'équilibre éternel des mondes, qui a vu pour ainsi dire la
main divine reculer devant ses regards, et qui
n'a pas rencontré dans les profondeurs des cieux
ces dieux, que nos aïeux faisaient habitants
des bois épais et des monts inaccessibles. Il ne
croit guère à l'exil de l'homme sur la terre et
à sa chute d'un autre monde, celui qui a vu
l'échelle des êtres et les liens étroits qui unissent
les créatures. L'inégalité le fait sourire, celui
qui ouvre le cœur des morts et qui pèse leur
cerveau. Il se révolte contre l'éternité du mal
physique, contre la nécessité de la misère,
celui qui sait combien la nature est maniable
à l'homme et féconde en trésors enfouis. Qu'ils
sachent donc bien, ces rois imbéciles, qui
parlent d'anéantir la religion nouvelle et de ra-
battre les espérances des hommes, qu'il ne leur
suffira pas de détruire nos cités et d'égorger
nos soldats. Ils n'auront rien fait tant qu'ils
n'auront pas brisé nos instruments, brûlé nos

livres et interdit à l'homme l'étude de la nature. Le moindre laboratoire est un foyer de sédition qui menace leur trône, en éveillant dans l'âme humaine d'ambitieuses pensées.

XXXIII.

Mais la science agit d'une façon plus directe et plus générale sur les destinées du genre humain. Quand l'homme a découvert une force dans la nature il s'en rend maître; alors naissent ces puissantes machines, qui changent avec le cours des temps les conditions des sociétés humaines. C'est ainsi que, dans ce siècle, une seule machine a changé en travail commun le travail domestique et soulevé du même coup les plus grands problèmes qui aient jamais agité le monde. Cette même machine a rapproché les nations, doublé leurs richesses, rendu la paix nécessaire et la guerre plus difficile. Si vous considérez que l'application d'une seule découverte de la science a enfanté toutes ces merveilles; que la science découvre tous les jours quelque chose et qu'elle doit découvrir de toute éternité; que le soin d'appliquer des découvertes remplit la vie de milliers d'hommes, dépassés à chaque instant par les chefs-d'œuvre du hasard; que la nature a mille forces cachées qui, découvertes et appliquées, peuvent toutes produire d'aussi grands changements que celle dont je viens de vous entretenir; si vous considérez enfin que nous venons de découvrir une force immense et merveilleuse qui est comme le principe de la vie universelle et l'âme de l'univers, et que nous avons à peine effleuré le sein de cette mine nouvelle, ouverte à notre génie, vous comprendrez alors que le renouvellement du monde est assuré, que l'abolition de la loi de la misère est prochaine, et que nos prétendues chimères sont des visions de l'avenir du genre humain.

XXXIV.

Étudiez maintenant l'histoire et voyez les progrès de la justice, c'est-à-dire l'abolition progressive de la loi de l'obéissance et de tous les maux qui en découlent. L'espace nous manque pour vous tracer ce splendide tableau de l'éducation de l'humanité. Vous y verrez le progrès des religions, images fidèles de l'idée que les hommes se font de la justice. Des dieux antiques, apothéoses de l'iniquité, l'homme passa au culte d'un Dieu plus pur, que nos pères ont brisé à leur tour, parce qu'il n'était plus à la hautenr de leur nouvelle idée de la justice. Nous avons à notre tour accommodé le Dieu de nos pères à notre équité plus rigoureuse. C'est ainsi que les religions, où l'homme exprime sous le nom de Dieu sa plus haute conception de la justice, se sont dégagées de l'erreur à mesure que son âme se dégageait de l'iniquité. Vous verrez comment la conscience humaine, de plus en plus équitable, réprouva tour à tour l'esclavage, le servage, l'inégalité des castes, le gouvernement des rois. Mais attachez surtout vos regards sur les relations des peuples entre eux et remarquez comment, à travers les siècles, le progrès de l'idée de justice les a changées et adoucies. Vous verrez l'antiquité brutale honorer la guerre et diviniser les conquérants ; vous verrez de nos jours les peuples cesser de se haïr, défendre le faible contre le fort, aimer la paix, mépriser la gloire, que dis-je ! détester le triomphe de leurs armes, lorsqu'elles sont tournées contre la justice. Aspirations généreuses, divins pressentiments, signes assurés d'un meilleur avenir, où les peuples diront un éternel adieu à l'absurde jeu de la guerre, où les nations se confondront pour féconder le monde, où l'amour jaloux de la patrie, gardien salutaire de l'enfance des sociétés humaines , disparaîtra dans l'immense amour de l'humanité.

XXXV.

Ce progrès en science, en puissance et en justice fut pour nous une révélation de l'avenir et notre doctrine est la conclusion de l'histoire du monde. Nous avons vu l'abolition progressive de la loi de la misère par les conquêtes de l'homme sur la nature, et nous avons dit que le temps approchait où la terre serait féconde pour tous les hommes et pour tous leurs désirs et où l'on verrait cet Éden mystérieux, vieux souvenir et vivace espérance de l'humanité. Nous avons vu l'abolition progressive de la loi de l'obéissance par le progrès de l'idée de justice, et nous avons dit que le temps approchait où les hommes, cessant de s'opprimer et de se détruire, réuniraient leurs efforts pour hâter le moment de leur victoire sur le mal, le jour heureux de leur délivrance. C'est cette foi profonde dans la prochaine régénération de l'humanité que nous avons formulée en doctrine. Notre véritable but, notre espérance suprême, c'est le bien-être universel, c'est l'accroissement et la diffusion des biens de la terre, c'est l'apogée de la puissance et du bonheur de l'homme. La condition de l'établissement et de la durée du bien-être, c'est la paix universelle qui déculplerait les forces du genre humain, qui tournait tous les bras, voués à la destruction, vers le travail, vers la création des richesses. La condition de l'établissement et de la durée de la paix universelle, c'est l'établissement de la justice parmi les hommes, et c'est ici que nos opinions politiques découlent naturellement de nos principes ; car il y a deux moyens d'établir la paix dans le monde : la force et la justice. La force réprime la plainte, anéantit la résistance et fait subsister artificiellement l'ordre le plus contraire à la nature. C'est la garantie d'un monde imparfait. On a ainsi la paix, mais une paix précaire et mal assurée ; car la force est glissante et change de mains. Alors tout rentre en mouvement ; car le monde tend à prendre son équilibre et à se régler selon la justice, comme l'aiguille aimantée se tourne vers le pôle. La force ne saurait donc établir une paix durable ici bas. Elle règle aujourd'hui l'ordre du monde, et c'est pour cela que le monde est agité de si violentes tempêtes. La justice au contraire, une fois établie, donne une paix assurée et éternelle ; et c'est pour cela que nous voulons régler le monde selon la justice, uniquement afin d'assurer la paix, qui elle-même n'est que la condition du bien-être universel et de la création des richesses, but suprême de nos efforts.

XXXVI.

Or la justice ne permet pas qu'un peuple
soit opprimé par un autre peuple, et c'est pour
cela que nous demandons l'indépendance des
peuples et le respect des nationalités, jusqu'à
ce que ces dernières limites s'effacent d'elles-
mêmes et pour toujours. La justice est blessée
quand la volonté d'un seul homme gouverne
une nation, et la paix est en grand danger
quand un seul homme peut mettre les armes
d'un peuple au service de son orgueil et de ses
folies. C'est pour cela que nous voulons renverser les trônes et établir l'égalité chez tous
les peuples. La paix intérieure des États est en
danger quand la majorité ne les gouverne pas,
quand la minorité y est opprimée, quand la liberté y est restreinte, quand l'injustice y est
puissante. C'est pour cela que nous défendons
la liberté et que nous combattons l'injustice

constituée. Voilà sur tous les points l'explication de notre conduite, la raison dernière de nos paroles et de nos actions. Et c'est par l'entraînement de cette logique irrésistible que nous, apôtres de la paix universelle, nous poussons aujourd'hui le cri de guerre, pour refaire des nationalités, pour fonder des peuples libres. Convaincus, comme nous le sommes, que toute injustice dans le monde est grosse de tumulte et de désordre, nous avons hâte d'anéantir ce levain qui, tôt ou tard, ferait fermenter la pâte. Au dehors, nous voulons faire la guerre pour effacer les dernières causes de guerre; au dedans, toute notre politique est d'en finir avec la politique.

XXXVII.

Nous ne reconnaissons donc pour logiques et sensés que ceux de nos adversaires qui nient le progrès et qui affirment l'éternité de l'obéis-

sance et de la misère. Ceux-là ont raison, lorsqu'ils demandent le repos dans l'injustice et la
résignation au mal, lorsqu'ils nous maudissent,
lorsqu'ils appellent contre nous les bataillons
des barbares. Mais que veulent-ils dire ces
hommes qui parlent de liberté et de république et qui ne croient pas à la paix universelle, à la fraternité des peuples? Ne nous
causent-ils tant de trouble et ne fatiguent-ils
le monde que pour substituer la guerre des ré-
publiques à la guerre des rois? Que veulent-
ils dire à leur tour ceux qui croient à la paix
universelle et qui ne croient pas à l'abolition
de la misère, au bien-être universel? Croient-
ils leur rôle rempli, quand ils auront amené
les peuples à souffrir sans trop de bruit, et
s'estimeront-ils bons médecins parce qu'ils
auront mis l'ordre et la paix dans leur hôpital?
Repoussez donc, jeune homme, ces accommo-
dements impossibles entre la vérité et le mensonge. Point de compromis illogiques, point

d'alliance adultère. Entrez dans notre camp ou saluez de loin le clairon des barbares.

XXXVIII.

Nous ne vous ferons pas ici de flatteuses promesses. Entrer dans nos rangs, c'est accepter une vie pleine de fatigue et d'angoisse. Les défiances de vos amis, les reproches de vos parents, les persécutions, les calomnies et les injures ne vous manqueront pas, et vous aurez à souffrir toutes les douleurs morales des premiers chrétiens, sans avoir en partage leurs mystiques consolations. Voilà votre vie pendant le temps que nous serons les plus faibles. Le jour de notre victoire sera pour vous le signal de plus grands travaux et de plus grandes douleurs. Contenir une multitude ignorante et furieuse, aigrie par des maux séculaires et enflammée d'espérances infinies, être accusé, frappé peut-être par ceux que vous aurez tirés de l'esclavage : telle sera votre destinée, et nous vous l'annonçons hautement, afin que votre cœur soit préparé à ces cruelles surprises et que vous n'accusiez pas vos frères de vous avoir trompé.

XXXIX.

Et maintenant attendons de pied ferme les défenseurs de l'ancien ordre de choses et combattons-les jusqu'à la mort ; qu'ils viennent du dehors ou qu'ils sortent du sein déchiré de la patrie, notre conscience est tranquille et notre bras ne saurait faillir. Nous avons voulu mettre la paix sur la terre, dans ce vaste atelier, où, depuis le commencement du monde, les ouvriers travaillent d'une main et combattent de l'autre, comme les Juifs qui bâtissaient les murs de Samarie. Nous n'avons pas voulu que cela durât toujours. Nous avons espéré régénérer le monde par la paix et par le travail, mettre au service de la science les forces des nations, couvrir la terre de merveilles et combler l'humanité de richesses. Viennent maintenant les barbares ! et, si nous sommes vaincus, si l'affranchissement du monde est reculé de plusieurs siècles, si nos yeux se ferment avant d'avoir vu ce spectacle qui ravit notre pensée, nous serons encore heureux de nous être entretenus de si beaux rêves et d'être nés dans un temps où de si magnifiques espérances furent permises au genre humain.

XL.

Tels sont, jeune homme, les principes généraux des systèmes opposés qui se disputent l'empire. Il faut choisir sans retard, et ce choix décidera de toute votre vie; car vous ne pouvez rien dire ni rien faire qui ne soit un acte d'adhésion à l'un ou l'autre de ces systèmes. L'histoire, la philosophie, la science contiennent le mot de l'énigme. C'est à vous de l'y découvrir. Juge impartial, transportez en vous-même le débat qui met le monde en feu. N'ayez jamais de dédain et jamais de colère. Distinguez les chefs du troupeau. Négligez les injures et pesez les raisons. Mais rappelez-vous surtout que la vérité des principes est au-dessus des folies et des crimes commis en leur nom. Une armée lâche, indisciplinée, cruelle, peut perdre, mais non pas souiller une bonne cause. Gardez-vous donc des déclamateurs vulgaires et de leurs accusations pathétiques. Attaquer le christianisme par l'inquisition et la Saint-Barthélemy, attaquer la révolution par les massacres de septembre, la royauté par les massacres de 1815, voilà des arguments de même poids, qu'il faut laisser à ceux qui ne peuvent en trouver d'autres.

XLI.

Mais durant toute cette recherche, il est un devoir impérieux qui demande tout votre courage et qui vous exercera par avance aux difficultés de la vie : c'est de ne prendre part, ni en action ni en parole aux débats qui vous entourent. Votre conduite doit se résumer en deux mots : se taire, s'abstenir. Soyez donc, quoi qu'il en coûte, modeste et sincère. Au milieu de tant de gens qui rougiraient de ne pas paraître certains de ce qu'ils ignorent, n'affirmez que votre ignorance. Ce n'est pas un devoir si facile à remplir que vous pouvez le croire. Si les hommes souffrent difficilement qu'on ne soit pas de leur avis, ils souffrent avec encore plus d'impatience qu'on soit indifférent à leurs débats et qu'on regarde de haut leurs querelles. Pour vous, avouez avec sang-froid votre incertitude, qu'il s'agisse de braver

un sourire ou d'affronter l'échafaud. Vous ga-
gnerez ainsi, avec l'estime des gens de bien,
le respect des véritables sages ; car ils savent
qu'aucune crainte ne pourra forcer à se taire
celui qu'aucune crainte ne peut forcer à parler,
et la fermeté de votre silence leur fera comprendre quelle sera plus tard la fermeté de vos
convictions. Quant à vos devoirs envers le
parti que vous aurez embrassé, une seule
maxime les renferme tous : sacrifiez-lui tout,
excepté votre conscience.

FIN.

PARIS.—IMPRIMÉ PAR E. THUNOT ET Cie,
Rue Racine, 26, près l'Odéon.